PIERRE CHAUVRIS

THE WESTERN EYES

ROMAN

L'auteur n'est pas le mieux placé
pour les corrections. Aussi demande-t-il
au lecteur à l'œil sagace un peu d'indulgence.

© Pierre CHAUVRIS, 2019

ISBN : 978-2-322-19155-0

Ondulations d'un rêve
Toujours renaissant
À lui seul un thrène
Une incessante douleur.

Tout soudain, dans le noir, s'ouvrirent des yeux d'homme. Toujours cette impression de chute. Une chute irrémédiable. Une chute vers l'essentiel. L'homme regardait de part et d'autre. Malgré l'obscurité, il reconnaissait, peu à peu, l'intérieur de la centrifugeuse du vaisseau spatial. Il entendait celle-ci tourner : le haut roulait en bas ; le bas roulait en haut. Cela créait un habitacle abstrait, où il n'y avait ni sol ni plafond fixes, l'un et l'autre se confondant selon la position que l'on occupait dans la centrifugeuse qui tournait sans cesse. Difficilement, l'homme se redressa sur sa couchette. Il avait le sexe en érection. La bouche sèche. Il se ressentait tout engourdi et nauséeux. Réactions normales, consécutives à une longue hibernation. Mais pourquoi cette obscurité ? Ce froid ? Cette drôle d'odeur ? Et ce silence de tombeau ? Il eût préféré meilleur accueil. Il observa un court instant des écrans, où s'affichaient des courbes et des chiffres liés à son métabolisme. Tout lui paraissait au mieux.

L'homme était debout. Il jeta un coup d'œil rapide à la couchette au-dessus de la sienne. Elle était vide. Pourtant, il aurait juré qu'il y avait quelqu'un – intuition brute. D'ailleurs, le matelas de cuir noir avait mémorisé la forme d'un corps. Après avoir posé sa main sur le matelas froid, il s'éloigna en regardant la pulpe de ses doigts qui lui confirmait l'absence. Vertige du corps ivre de gravité. Il se sentait lourd, entravé, comme s'il portait en lui le châtiment. Il marchait très lentement, tel un automate, prenant appui sur les parois. Il avait l'impression d'être un homme aux pieds d'argile. C'était un peu comme s'il réapprenait à marcher. Il s'arrêta près d'un panneau couvert de trappes. De l'une d'elles, il en sortit un petit gobelet rempli d'un liquide, et d'une autre un sachet d'aliments déshydratés. Il alla s'asseoir sur une banquette, face à une table où y étaient incrustés, sur le côté gauche, un petit clavier tactile et un écran. Tout en buvant le contenu du gobelet et tout en grignotant celui du sachet, il pianotait sur le clavier à sa portée. Un texte, en réponse à ses questions, apparut sur l'écran :

LIAISON AVEC LE CENTRE DE CONTRÔLE TERMINÉE.

VAISSEAU EN FONCTION AUTOMATIQUE APRÈS APPLICATION DE LA STRATÈGIE DE SAUVEGARDE DU PLUTONIUM.

DÉRIVE DU VAISSEAU EN TEMPS TERRESTRE : LA REQUÊTE N'A PU ÊTRE TRAITÉE EN RAISON D'UN CONFLIT D'ACCÈS À LA RESSOURCE DEMANDÉE.

Le visage de l'homme s'assombrit. Bien qu'il eût été entraîné pour faire face à toute situation, il ressentait une inquiétude mêlée de peur. Depuis combien de temps le vaisseau était-il à la dérive ? Des millénaires ? Pris d'une soudaine angoisse, il se laissa aller contre la banquette, calant sa nuque sur le rebondi moelleux du dossier. Perdu dans ses pensées, il promenait son regard au-dessus de lui. Dans la pénombre, il discernait, sur ce qui était pour lui le "plafond", une robe noire tout étendue. Si cette robe ne chutait pas vers lui, c'était en raison de la force centrifuge. Surpris, il se redressa, et orienta la petite lampe de la table vers le "haut". Puis il se leva pour s'avancer jusqu'à la robe, laissant derrière lui les restes de son repas frugal sur la table qui paraissait reculer en remontant doucement vers le "haut".

Accroupi, l'homme observait la robe. Il remarqua sur le tissu soyeux à effet mouillé un long cheveu noir. Il le ramassa délicatement en le pinçant du bout des doigts. Ensuite, d'un mouvement rotatif du pouce et de l'index, il l'entrelaça en une petite touffe crépue. Après l'avoir observée attentivement, il la porta vers son nez pour en humer l'odeur. Troublé, l'homme cligna des paupières. Il glissa la touffe dans la poche de sa combinaison brique. Il resta un moment perplexe face à cette robe gisant sur le sol. Elle évoquait pour lui l'absence de la femme réelle, maintenant que la femme imaginaire, créature artificielle, ne cessait de l'accompagner pour ce périple aux confins de l'univers. Comment une femme, fille de la mère, avait porté en elle la mère, et à partir de cette mère en elle, avait été derechef accouchée à rebours d'elle-même, pour être là, femme en devenir, en métamorphose et à l'œuvre : baiser, accoucher, souffrir, mourir ? Doucement, il tira la robe vers lui, regarda l'étiquette, au niveau de l'encolure, où y était inscrit en lettres d'or : PHUSIS. L'homme se redressa, la robe noire dans ses bras. Elle exhalait une odeur bien féminine qui le gênait. Il ne savait pas pourquoi. N'était-ce pas cette odeur qu'il avait sentie en s'évadant – puissamment viril – des noires profondeurs de sa longue hibernation ?

L'homme se tenait debout près d'un sas d'évacuation. Après un instant d'hésitation, il appuya sur la touche ÉJECTION. Un bruit sourd résonna – comme une explosion au loin. La plate-forme vibrait sous ses pieds. Par un hublot, il pouvait voir la robe noire, au tissu soyeux d'aspect mouillé, tourbillonner en s'enfonçant vers l'échine de l'espace étoilé.

L'homme était assis, le regard dans le vide. Il se sentait fatigué. Une forme de mélancolie. Aussi décida-t-il d'aller s'allonger, alors qu'il se devait de trouver des travaux à accomplir parmi ses checklists d'opérations de contrôle et d'instructions. Parmi l'une de ces checklists une surprise l'attendait : la photographie d'une femme, avec de grands yeux lapis-lazuli cernés d'ombre et une bouche rouge sang entr'ouverte d'où s'échappaient ces mots ailés : « Ce *n'est pas* les femmes qui imitent la terre, mais la terre les femmes. »

Une puissante alarme retentissait ! L'homme sursauta sur sa couchette poissée de sueur. À sa droite, sur tous les écrans de contrôle, il y avait un gros point d'interrogation blanc sur fond noir. Sans plus attendre, l'homme se leva. Il s'avança vers le "haut" de la centrifugeuse, s'arrêta auprès de l'échelle et gravit celle-ci jusqu'au moyeu, où une trappe coulissait pour le laisser passer.

Revêtu d'un scaphandre rouge sang, l'homme se glissait – en état d'apesanteur – vers le Module de Commande, situé hors de la centrifugeuse, en tête du vaisseau. Sur son passage, l'homme manipulait diverses touches et manettes. Il désactiva l'alarme stridente. Puis il s'agrippa à des échelons vissés sur une paroi. En se hissant peu à peu vers la baie, il vit, avec stupeur et effroi, que le vaisseau était immobilisé face à un mur de brique gigantesque.

L'homme flottait dans un sas de sortie extravéhiculaire. Les parois thermiques, semblables à du papier doré, étaient couvertes de câblages entrelacés. Face à l'homme, l'écoutille s'ouvrait. Déterminé, il se glissa hors du vaisseau. Sans produire le moindre effort, il était attiré vers le mur de brique. Parvenu auprès de celui-ci, il y posa une main gantée pour en tester la réalité. Puis il se retourna brusquement : sur sa visière se reflétait un autre mur de brique. Affolé, il regarda au-dessus de lui ; puis sur les côtés. Il n'y avait plus qu'un seul mur de brique, fini, continu et sphérique. Et l'homme ondoyait à l'intérieur. Sa respiration rauque s'accélérait. Le cœur battant, croyant apercevoir une zone vide de briques, il s'en approcha en donnant des impulsions dans le vide avec les bras et les jambes, tel un nageur. Aux alentours de cette zone d'ombre, il fut irrémédiablement emporté vers elle... Comme aspiré... Et il se retrouva catapulté dans l'espace tout étoilé...

L'homme ne pouvait pas s'empêcher de tourbillonner sur lui-même, tout en s'enfonçant dans le vide. Le fond étoilé semblait tourner autour de lui. Il n'avait plus aucun contrôle. Plus aucun repère. Et il dériva ainsi un long moment. Sa respiration – animale – était hachée. Autant en finir de suite : en réduisant le taux d'oxygène, il sombrerait doucement dans le délire. Il sentirait son esprit fluer vers une nuit duveteuse exhalant à mort la jouissance. Mourir dans la joie, ce serait mourir vivant. Un acte de chair. La rotation de son corps ralentissait. Peu à peu, ce qui lui semblait être une étoile parmi tant d'autres, grossissait. Ou bien c'était lui qui s'approchait à grande vitesse de cette masse de lumière blanche, d'où émergeait un corps féminin gigantesque. L'homme flottait au-dessus de ce corps couvert de stigmates et de tatouages complexes, telles des peintures rupestres en style naturaliste. Il survolait les courbes et les rondeurs qui se dressaient comme des collines, des montagnes, puis s'étiraient comme des vallées escarpées, des plaines douces... Des ombres allongées glissaient sur la percée d'un ombilic, cicatrice arrondie et profonde... Les grands yeux lapis-lazuli luisaient comme des lacs sacrés... La bouche, gourmande et animale, était distendue en un O plein d'obscurité... La longue chevelure noire serpentait à l'image d'un labyrinthe... L'homme passa par-dessous la croupe immense et houleuse... Puis il disparut entre les longues jambes agiles, lesquelles, toutes-puissantes, se refermèrent lentement.

Un squelette – féminin – géant était étendu dans un désert minéral, surplombé d'un ciel cendre bleue. D'entre les côtes sortait l'astronaute. Son scaphandre rouge sang brasillait sous la lumière crue. Il contempla autour de lui le paysage désertique. Puis il décida de s'avancer dans ce monde étrange, inquiétant, imprévisible et menaçant, tel l'étant premier.

Il marcha longtemps, très longtemps. Sans but. Au hasard. Comme mû par la nécessité fatale. Tout soudain, il entendit comme des coups de feu. D'abord il pensa à des pierres qui éclataient sous les rayons brûlants de l'astre thermonucléaire qui foudroyait dans le ciel. Mais les coups – secs et violents – se répétaient, et de façon rapprochée. Alors, il se hissa sur des rochers. De derrière ceux-ci, il voyait une femme qui courait, poursuivie par un homme aux yeux sans visage, lourdement armé et portant un long manteau d'ombre. La femme était vêtue d'une tunique de peau, rebrodée de figures géométriques, de soleils, d'étoiles. Sa longue chevelure noire pendait de chaque côté de sa tête en deux nattes, bellement nouées d'un ruban azur. Son visage de peau rouge, convulsé d'angoisse, ruisselait de sueur. Cette chasse à mort se déroulait sous le regard de l'astronaute – impuissant. L'homme aux yeux sans visage armait tranquillement son arme avant de faire feu sur la femme. La balle semblait partir toute seule, comme si la gâchette avait tiré en arrière le doigt. Chaque détonation résonnait comme une explosion ! Ça claquait dans l'air brûlant ! Ça ricochait sur les roches ! Et du long canon de l'arme jaillissait un éclat aveuglant, tel un éclair sentant l'atome ! L'astronaute remarqua près de lui, dans les pierres millénaires, un os très long. Il alla le ramasser. En remontant, dans l'interstice des rochers qui hululaient sous le vent chaud, il vit l'homme aux yeux sans visage abattre la femme. Le sang giclait lento de son corps – chutant au sol – en de longues protubérances purpurines. Une autre balle lui déchira le ventre.

La femme criait de douleur. Tandis que l'homme aux yeux sans visage s'approchait doucement de sa proie à l'agonie, l'astronaute, main armée d'un os, marchait derrière lui. Les longues jambes de la femme étaient agitées de soubresauts. L'homme aux yeux sans visage la regardait froidement. Le canon luisant de l'arme s'enfonçait dans le fourreau de cuir tanné du holster. Jusqu'à la garde. L'os bien en main, l'astronaute s'acheminait vers la scène de crime. Toute volonté anéantie. Sur la visière de son casque se reflétait le corps de la femme... d'où jaillissaient – grondement sourd – des tours de verre et d'acier ruisselantes de sang. Les tours s'élevaient avec une violence croissante vers le ciel irradié.

L'une des tours, se dressant lentement vers le ciel, dégageait un énorme panache de fumée noire. L'homme (il avait perdu depuis longtemps son scaphandre d'astronaute, telle une peau morte) marchait dans une rue déserte couverte de cendres et de débris. Il remarqua, parmi les débris, des lunettes, des masques et un réveil faisant encore tic-tac. Une femme policière, masquée de blanc, lui barrait la route. L'homme sortit de la poche de sa veste, couverte de poussière, une photographie, qu'il tendit vers la policière, lui faisant comprendre qu'il était à la recherche de cette femme. La policière étudia longuement la photographie : visage d'une femme avec de grands yeux lapis-lazuli et arborant une coiffure amérindienne. La policière rendit la photo à l'homme et elle le laissa passer, en lui pointant la direction de l'ouest, vers la tour en feu d'où les corps commençaient à tomber. En progressant dans la fumée, l'homme voyait s'y découper des silhouettes féminines exécutant une danse. Une danse brutale du corps et des cheveux. Une danse pleine de fougue sauvage. L'homme se frayait un chemin entre ces danseuses de plus en plus nombreuses, qui ondulaient et se contorsionnaient. Elles portaient toutes un masque blanc faisant ressortir leurs grands yeux lapis-lazuli. De longues nattes noires, bellement tressées, redescendaient sur les flancs de leurs torses moulés dans des tee-shirts à effet seconde peau et à slogan *Crucifix Shoes* – ce qui désignait socialement *ces femmes qui sont le lit* comme crucifiées. En exécutant leurs mouvements et entrechats endiablés, elles faisaient voltiger tout autour d'elles les cendres de la civilisation du gadget. L'homme s'éloignait peu à peu du groupe des danseuses. Il se retrouva, sous une lumière cruelle, au pied de la tour d'où s'échappait le panache de fumée noire. Des sirènes retentissaient. L'homme pénétra à l'intérieur du hall d'entrée dévasté et couvert de poussière grise. Il s'engagea sur un escalier qui le porta vers les étages supérieurs. Il traversa des couloirs enfumés. Il n'y avait personne. Les téléphones sonnaient par à-coups, comme lors d'un tremblement de terre. Les bureaux étaient vides. L'homme était perdu. Il avait peur. Peur surtout de ne jamais réussir à retrouver cette femme. Pourtant, la policière lui avait bien dit l'avoir vue pénétrer dans cette tour, un étui pour instrument de musique à la main. Il passa près d'un trou béant qui donnait sur l'extérieur. Le vent s'y engouffrait à grandes rafales. D'une prudence animale, l'homme s'approcha au bord du trou. Il regarda dans le vide, tout en prenant appui en posant une main moite sur une barre d'acier en saillie. Celle-ci était brûlante ! Il retira vite sa main ! La tour fondait-elle ? Pour l'instant elle grondait. Pourquoi était-il monté dans cette tour à l'insu de son plein gré ? Il paniquait. La tour gémissait, grinçait, vacillait comme un château de cartes de la Mort, ces cartes à figures noires que les soldats vainqueurs glissaient dans la bouche de leurs victimes confirmées, afin de laisser une trace d'effroi de leur passage dans l'Histoire. Tout en bas s'étendait la ville-monde. À travers les entrelacs infinis de rues et de buildings, l'homme discernait le vaste corps étendu d'une femme nue. Comme si toute la ville-monde avait jailli de ce corps de géante. Alors l'homme sauta dans le vide…

Rêve indicible d'une femme
Monodie douloureuse
Elle chante son angoisse
Plainte nue et crue.

Dans une chambre aux murs de brique, une femme se réveilla en sursaut. Toujours cette impression de chute. Une chute irrémédiable. À la tête du *lit à coucher avec* était fixée au mur une grande image en noir et blanc du champignon atomique Trinity d'Alamogordo. Sur la table de nuit, un métronome faisait encore tic-tac. La lumière de l'aurore filtrait à travers les lamelles d'acier du store. Petit à petit, la femme reprenait ses esprits : du plafond s'effaçait la silhouette d'un homme tombant vers elle. Mais elle avait du mal à se départir de cette sensation onirique d'étouffement. Elle manquait d'air. Elle se redressa sur son séant et inspira profondément, une main repliée sur un de ses petits seins douloureusement fermes. Puis elle se tourna vers l'homme allongé sur le ventre à ses côtés. Elle avait eu – à son corps défendant – une relation sexuelle avec lui. Et cela avait été… comme un acte manqué ? Il l'avait *prise* avec… avec un plaisir rageur ! Une nouvelle forme de haine ? Elle, enclose dans le *non-lieu intime* qui caractérise les femmes, elle avait bien essayé de *jouir* sans entraves, en une posture de femme libre, les yeux grands ouverts sur leur vérité, leur intimité clinique, prononçant même des mots crus à double tranchant. Lui, avec perversité, l'avait nommée de ce mot cruel qui signifiait tout à la fois *femme* et *lit*. Mais le sexe ce n'était pas *ça* ! Non ! Elle se leva, contourna sa viole d'amour, et alla regarder par la fenêtre la ville-monde déserte, avec ses tours fantômes dont les racines profondes s'enfonçaient loin dans le sang de la Terre. Elle se rapprocha du *lit à coucher avec*, du côté de l'homme. Elle l'observa en train de dormir comme un nouveau-né. Puis elle se pencha vers la photographie du champignon atomique Trinity. Pour la énième fois, elle en lisait la légende : « Être homme, c'est défier Dieu. Être Dieu, c'est écraser l'homme. »

Avec nonchalance, la femme pénétra dans la salle de bains, enjambant sa tunique de peau étalée sur le carrelage près de ses hauts talons *Crucifix*. Le front bas, le regard vif en dessous, elle se contemplait dans le miroir mural. Elle avait fière allure. Obstinée. Frontale. Sur ses petits seins et sur son ventre rebondi sillonnaient, en filigrane, des veines fines où naviguait son sang de femme. Son sexe buissonnant chatoyait d'une couleur ontologique. De la sueur ruisselait de dessous ses aisselles velues. En se retournant de trois-quarts pour regarder l'image spéculaire de sa croupe charnue, elle remarqua qu'elle avait encore une main négative rouge sang empreinte dans la peau capitonnée d'une fesse. Une main de tueur. Assise sur la cuvette des toilettes, en écoutant ses entrailles se vider, les avant-bras reposant sur ses cuisses, l'œil lapis-lazuli en dessous, elle regardait vers la chambre les vêtements de l'homme posés pêle-mêle sur un siège. Un holster en cuir tanné y était suspendu. La saillie de la crosse du revolver exerçait en elle une fascination aigüe, qui la traversait sournoisement de part en part, lui dilatait les pupilles, et irradiait le feu blanc de son effraction du bas-ventre au plexus solaire. Une tension sexuelle irrépressible s'emparait de tout son corps. Elle se redressa et, sans s'essuyer l'anus ni tirer la chasse d'eau, elle s'extirpa de l'enclos rassurant de ses propres odeurs, puis s'avança d'un pas lent, un peu féline, vers la chambre, sans quitter des yeux le holster. Le métronome marquait la cadence muette de ses pieds nus. Elle s'immobilisa, le holster face à son bas-ventre. Lentement, elle empauma la crosse tournée vers elle, et elle dégagea de son fourreau l'arme. Celle-ci était froide et lourde. Le canon était très long, satiné comme un derme. Elle ressentait dans sa chair mouillée la toute-puissance qui s'exhalait des formes brutes de l'arme. Organe de fer et de bois. Tout y avait été pensé sur le mode de l'éjaculation mécanique létale. Une sorte de transfert de compétence. Elle se retourna vers le *lit à coucher avec*. Elle observa un moment l'homme qui dormait, allongé sur le ventre. Elle revoyait, distinctement, ses yeux sans visage, alors qu'il la pénétrait comme un *beau mal*, sans même avoir retiré son long manteau d'ombre. Elle ressentait encore les violentes charges brutales déferlant dans sa chair avec une régularité de piston – clac ! clac ! – les reins aux muscles gorgés de sang la défonçant comme une structure – clac ! clac ! – le montant du lit cognant contre le mur de brique – clac ! clac ! – comme le bruit du fer frappé par le marteau – clac ! clac ! – comme les hauts talons *Crucifix* claquant sur l'asphalte mouillé des chemins – clac ! clac ! – échos primitifs voués à sans fin se répéter – toujours ! – via le corps féminin – clac ! clac ! Après avoir difficilement armé le chien, elle souleva le revolver. Le bras tendu tremblant sous le poids, les flancs du torse laqués de sueur froide, la vue brouillée, elle essayait de bien viser le corps étendu dans le *lit à coucher avec*. Elle appuya sur la gâchette – ou bien la gâchette tira vers elle le doigt crispé. De la bouche du canon gicla, en une sourde détonation, un flash aveuglant – duquel émergea fugacement l'image négative de tout le squelette de la structure de la chambre intime. Le *lit à coucher avec* grinça. Le métronome, posé près d'une boîte de tampons sur la table de chevet, s'arrêta net. Le corps de l'homme n'avait presque pas bougé. Juste un gros trou rouge perçant la blancheur du drap aux plis cendrés. La femme voyait une image phallique s'enfoncer en elle. En relâchant la gâchette, elle sentit sourdre de sa vulve rubescente le sperme de l'homme, tout ce qu'il avait foutu en elle à défaut d'un champ de bataille. Et elle se souvenait même avoir eu avec cet homme comme une espèce d'orgasme, les jambes écartées agitées de soubresauts, tandis que – et ayant dûment endossé la figure animale à l'*esprit de chienne* –, elle était tout accrochée à ce corps en chute libre qui explosait en elle comme une bombe. Mais ce que le sexe – ce chaos préexistant à toute existence – exige, ce n'est pas *ça*. Non ! Être *ravalée*, oui, peut-être, mais avec un consentement libre, éclairé et ludique, jusqu'à *oser* en perdre toute pudeur – interdit intériorisé – et ainsi se hasarder à *ravaler* le mâle au niveau de la bête. Elle rengaina dans le holster l'arme qui exhalait une odeur anale de sang et de meurtre.

 Nue dans la salle de bains, la femme enfilait méticuleusement sa tunique de peau. Du plat de ses longues mains, elle lissait ses hanches larges, son ventre rebondi, sa croupe fessue… La robe chatoyante lui collait au corps. Elle noua deux lacets, situés sous la poitrine, pour rapprocher les petits seins et accentuer la profondeur du sillon mammaire. Du bout de ses doigts effilés, elle coiffa sa longue chevelure noire indisciplinée. Sur son visage amérindien se mêlait un palimpseste de visages féminins, tous empreints de cet *impératif catégorique de fidélité à la douleur originaire des femmes*.
 Assise sur la cuvette, encore pleine de ses excréments et de ses urines fraîches, elle attachait à ses fines chevilles les lanières de cuir de ses hauts talons *Crucifix*. Sur chacune des croix d'acier fixées aux talons aiguilles de quinze centimètres, une femme nue, coiffure nattée, y était clouée – saillie des clous rouge sang. Les hauts talons claquaient sur le parquet vitrifié et rayé de la chambre à coucher. La femme ramassa de dessus la table de chevet le métronome. Elle l'introduisit dans l'étui de son instrument de musique : une viole d'amour. Tout soudain, un avion vint déchirer le silence. Elle sentait le sol vibrer sous ses pieds audacieusement cambrés. À travers les lamelles d'acier du store, elle voyait la silhouette noire ailée filer à très basse altitude au-dessus de la ville aux tours

dressées. Son étui à la main, elle sortit de la chambre, traversa un long couloir en brique rouge, jusqu'à la porte d'entrée. Elle ouvrit la lourde porte noire ; et elle sortit de son appartement. La porte se referma doucement sur la silhouette qui s'enfonçait dans l'obscurité du palier.

C'est un rêve
Rien qu'un rêve
Jusqu'au bout
Vivons ce rêve.

D'un pas décidé et sonore, la femme marchait dans les rues désertes. La frappe cadencée des talons aiguilles résonnait dans sa chair, tels des coups de reins virils auxquels s'était insinué au fil du temps le pas de l'oie. Au sol s'étalaient des vêtements et des souliers féminins. Une brume rampait au ras du réel de tous ces vêtements, sous-vêtements, chaussures… gisant au pied des bâtiments de brique et des tours de verre gris acier. De l'une d'elles s'échappait un énorme nuage de fumée noire. La femme ralentissait son pas pour observer la tour, d'où les corps commençaient à tomber. Elle percevait le crépitement continu d'un feu ardent, ponctué de grincements d'acier comparables à des gémissements de douleur et qui tendaient à être pensés par la femme comme une musique atonale angoissante : glissandos répétitifs sans fin. Des milliers de feuilles de papier flottaient et tourbillonnaient dans la brume. D'autres glissaient sur le sol. À ses pieds – en équilibre précaire sur les hauts talons *Crucifix* de quinze centimètres – la femme voyait des feuilles de papier, imprimées chacune de la même question – POURQUOI MOI ? –, venir s'agglutiner sur des sous-vêtements féminins éparpillés dans la poussière cendre : slips et soutiens-gorge tout déchiquetés. Elle les enjamba. Plus loin, une robe noire flottante, d'aspect mouillé, pendait à un panneau "sens-interdit". Un collant noir, accroché aux aspérités d'un mur de brique, ondulait. Une chaussure à talon aiguille gisait au bord d'un trottoir. Une petite culotte déchirée semblait être incrustée dans l'asphalte sous une couche de poussière collante et abrasive. Une jupe, étalée sur la route, palpitait comme un cœur, le vent soufflant par-dessous. La femme regardait tous ces vêtements féminins autour d'elle. C'était comme s'ils venaient d'être arrachés, déchirés, lacérés. Toutes ces robes, jupes, leggings, pantalons, jeans, slips, soutiens-gorge, strings, bas, collants, chemisettes, tee-shirts… tous ces vêtements de femme étaient hantés par l'absence des corps qu'ils avaient habillés un temps jadis. D'une caméra de surveillance, haut perchée sur un poteau d'acier, pendait une nuisette en dentelle. Au travers des motifs ajourés, la lentille bombée de l'objectif reflétait le corps de la femme descendant un escalier abrupt. Rien n'échappait à l'œil de verre : le pas restreint par la cambrure audacieuse des chevilles donnait à la femme – à l'insu de son plein gré – une démarche séculaire d'esclave. Pas d'alternative aux signifiants. La croupe houleuse, la femme s'enfonçait dans l'obscurité moite d'un long couloir souterrain. Du sol s'élevaient des froissements d'étoffes piétinées. Au bout du corridor scintillait l'enseigne arc-en-ciel d'un night-club : L'OXYMORON.

Sur la scène de béton cru se trouvait la femme – nue – qui était tout entière et par essence un simulacre du *lit à coucher avec*. « Ô lit conjugal, par toi combien souffrent les femmes… ». Du sol se dressait une barre de pole dance, toute rutilante, qui barrait la femme nue en train de descendre du lit délaissé. Elle activa un métronome posé sur la table de chevet et s'avança vers la barre. Malgré la chevelure nattée, l'homme, assis dans la pénombre, reconnaissait la femme, puisqu'il l'avait vue pénétrer l'Oxymoron un étui pour instrument de musique à la main. C'était *elle* qu'il recherchait. Comme le lui avait suggéré la policière au faciès masqué, il avait suivi cette femme jusque dans la tour, d'où les corps commençaient à tomber. Mais il avait perdu sa trace dans le dédale de couloirs enfumés. Il avait craint qu'elle eût sauté dans le vide, pour échapper aux flammes. Maintenant, il la regardait procéder pianissimo à une approche physique avec la barre verticale, autour de laquelle elle se déplaçait dans une posture soumise. Puis, un signe visible dans l'attitude indiquait l'état de suppliante de la femme en train d'empaumer la barre, le visage passant d'une morbide fixité à un masque dur tout concentré sur l'effort qui allait la soulever du sol de béton. Elle s'entortillait nonchalamment autour de la barre. Son corps athlétique scintillait dans la lumière crue. L'homme fixait tantôt sa croupe sphérique – qui figurait le monde –, tantôt son ample poitrine, tantôt ses longues jambes musclées, tantôt son entrejambe cramoisie. La danse échevelée et sauvage, que la femme exécutait à la barre verticale, le fascinait : une représentation *inhumaine* impossible à rapprocher de la réalité consensuelle. Libre, pugnace, la femme créait sa performance dans l'inconscience – hors des sens. Ses longues jambes dessinaient des arabesques fluides. Son corps, défiant toutes les lois de la physique, était au service d'une fin : traduire les souffrances d'une femme crucifiée. Face à cette danse à la barre verticale, d'abord gestuelle et lente, ensuite plus rythmée et dynamique, l'homme éprouvait une vive émotion esthétique. Et ainsi ce monde se justifiait comme œuvre d'art éphémère. La puissance de la musique barbare, en mettant l'accent sur les douleurs subies, atteignait directement le cœur de l'homme. Il écoutait les cris redoublés et alternés de la femme crucifiée. Ses gémissements, elle les chantait. Un thrène bouleversant de douleur. Évocations répétitives. Scandées sans fin. Encore. Toujours. Et ces évocations répétitives d'une douleur excessive étaient un chant de deuil. Et l'homme écoutait cette *voix endeuillée* dont la démesure évoquait la vérité d'une transformation en cours. Immobilisé les bras en croix, le corps de la femme glissait doucement tout au long de la barre. Et lorsque les pieds nus touchèrent le sol de béton cru, la musique aigüe et stridente de la douleur s'arrêta net. Les bras de la femme descendirent le long du corps. Le regard frontal en dessous, haletante, elle fixait l'homme. Elle s'avança vers lui, tapi dans le noir. À mesure qu'elle s'approchait de l'homme – révélant leur antagonisme, leur incompatibilité réciproque –, celui-ci entendait le souffle rauque d'icelle et il sentait venir à lui toutes ces particules d'odeurs féminines : le parfum brutal de la vie. Elle se pencha vers son visage, puis déposa ses lèvres fines sur les siennes. Elle avait une haleine chaude et animale. Feu blanc d'une langue impétueuse. Pendant que la femme, dans une posture impudente de femme libre, gourmandait l'homme à bouche que veux-tu, elle lui retirait, un à un, tous ses vêtements poussiéreux. Cette fouaille dans le velours de sa bouche, ces mains libres sur son corps velu et la violence de ces odeurs femelles étaient une effraction du réel qui annihilait tout le vernis culturel de l'homme. Avec cette femme *hors d'elle* il n'aurait pas de rapport d'évolution sur toile de fond pornographique – le signe et le signifiant de la guerre en temps de paix – mais un rapport animal en harmonie et d'une densité convulsive ruinant toutes fictions, la vulve et la verge surgissant des âges obscurs. D'une main brûlante impérative, l'air égaré, la femme guidait l'homme entre ses longues jambes agiles, vers cette humidité vivifiante. Là où l'orgasme féminin évoquait la question énigmatique – et angoissante – de l'origine du langage. En entendant cette *voix endeuillée* du jouir féminin, l'homme s'abîmait, petit à petit, dans les méandres de l'inconscient, telle une comète échevelée qui s'enfonçait au fin fond du cosmos.

Nus, main dans la main, la femme et l'homme marchaient dans les rues désertes, jonchées de vêtements féminins. Ils s'engagèrent sur un pont. Appuyés à la rambarde d'acier, couverte de cadenas rouillés verrouillant chacun un lien fictionnel d'amour entre deux mortels – qui avaient ainsi conjuré inconsciemment ce qu'était le réel d'un coït : rien que deux ombres éphémères empreintes des convulsions de la peur, de la haine et du désir envers la vulve velue qui mouille *versus* la verge nervurée qui dure et éclate dans le corps femelle comme un soleil –, la femme et l'homme regardaient le fleuve sale charrier des vêtements de femme qui évoquaient des cadavres boursoufflés, peu à peu enveloppés par les volutes d'une lourde fumée noire qui provenait de la tour en feu dressée au nord. On entendait plus que l'écoulement du fleuve. Un ruissellement dans la nuit, au bout de la nuit. Sur le pont, la femme et l'homme nus se dissolvaient dans l'obscurité brumeuse.

Sur une esplanade enfumée se découpaient les deux silhouettes nues. L'esplanade était ceinte de tours qui se dressaient comme des ombres. À leur pied, un squelette géant. Sur un mur de brique criblé de trous de balles, la femme et l'homme nus pouvaient encore lire ce graffiti tracé à la hâte : *Alien is Native.*

La porte noire de l'appartement de la femme s'ouvrit. L'homme nu y pénétra le premier. Il observait la femme nue refermer la porte, tout en le guignant du coin de l'œil, puis s'avancer dans le couloir aux murs de brique. Il la suivit. Il fixait la houle envoûtante des fesses fermes et élastiques, mouvement où s'exprimait la permanence du même. Le monde toujours recommencé. Et cette paire de fesses – désir du lit perdu – le renvoyait à l'immensité du Tout, métaphore sans métaphore d'un doux vertige ontique lui révélant que ce *Tout* aurait pu *tout* simplement ne pas être. Ils pénétrèrent dans la chambre conjugale. L'homme nu regarda le *lit à coucher avec*. Les draps plissés, encore pleins de pulsions, diffusaient une lumière diffuse sur l'image en noir et blanc, clouée à la tête du lit usurpé, et qui représentait le champignon atomique Trinity d'Alamogordo. Dans l'instant, l'homme nu fut assailli par une image phallique active : vue postérieure figurant crûment une femme en train d'être violemment sodomisée à quatre pattes, comme une chienne, emblème séculaire de l'impudence selon l'imaginaire collectif, la tête, aux belles boucles noires ondulantes, relevée vers Trinity par la poigne ferme qui lui tirait les cheveux en arrière. Le champignon atomique se reflétait dans les grands yeux lapis-lazuli de la femme suppliante, le visage vultueux figé en une sorte d'hurlement muet. L'homme, la chevelure à pleine main, levait alternativement les yeux de la zone anale, qu'il possédait, vers le champignon atomique Trinity ; alors que l'homme nu, empli de cette vision, baissait les yeux du lit amer vide vers le parquet vitrifié, semé de rayures et d'éraflures, sur lequel se déplaçaient les pieds audacieusement cambrés de la femme nue qui essayait des escarpins *Crucifix* de couleur cornaline bordée d'or. L'homme nu s'avança vers la chaise où étaient posés pêle-mêle ses vêtements sombres, son grand manteau d'ombre et son holster enserrant son arme. Il ne savait pas pourquoi, mais il eût préféré un scaphandre d'astronaute : il s'y serait senti bien plus protégé, enclos dans ses propres odeurs. Derrière lui, la femme nue ramassa de dessus la table de chevet une boîte de tampons, et elle se dirigea vers la salle de bains. L'homme nu enfila ses vêtements sombres. Des particules d'odeurs lui titillèrent les narines : ça sentait fort la testostérone et la sueur âcre. Il prit en main son arme, ouvrit le barillet et introduisit une balle dans chacune des six chambres. Après avoir enfoncé un tampon dans son vagin, la femme nue décolla ses fesses du siège de la cuvette des toilettes, au fond de laquelle son sang s'était dilué dans l'eau chlorée. L'homme rengaina son revolver et accrocha son holster sous son aisselle gauche. La femme nue pénétra dans la cabine de douche. Au bruit de l'eau jaillissant du pommeau au-dessus d'elle, l'homme se retourna. Sur la vitre opaque giclait et ruisselait une eau claire, toute chatoyante, qui floutait la silhouette féminine, l'effaçait, petit à petit, la condensait jusqu'à ce qu'elle ne fût plus que pluie battante, humidité bruissante.

    Toute trempée, la femme se regardait dans le miroir mural. Elle se trouvait bellement sauvage et frontale. Son corps, figure métonymique de l'union de tous les contraires, montrait sincèrement l'ordre des choses. Elle ne serait plus un corps champ de bataille. Et l'homme qui la regardait de la chambre conjugale, en la coïtant une nuit prochaine, trouverait en elle son pire ennemi : lui-même – pour qu'un coït soit réussi, il faut que quelque chose meure : la peur du désir insatiable féminin. La femme avait posé une main sur son ventre rebondi, parsemé de gouttes d'eau et où l'ombilic du rêve s'enfonçait dans les entrailles de la chair en une douce dépression obscure. La femme n'aurait plus besoin – maintenant – de coiffer sa longue chevelure noire indisciplinée, ni de maquiller ses grands yeux lapis-lazuli et sa bouche charnue rouge sang. Son temps était venu. En s'adossant contre le mur de brique, une idée de déconstruction comportementale lui vint à l'esprit tout soudain.

> *Dans le chaos des traces*
> *Dont il ne reste rien*
> *Rêves et amnésie*
> *Tissent l'inaccessible.*

Dans le salon aux murs blancs dépouillés, sur un canapé de velours noir crispé, l'homme était assis face à la Télésphère du Bien et du Beau. Cet étrange mobilier, sculpté dans le bronze, consistait en un écran bombé de télédiffusion inséré dans la large croupe d'une femme nue, en position genupectorale, la poitrine reposant sur le plan d'un cylindre, les mains plaquées de chaque côté des fesses opulentes que les doigts effilés, aux ongles laqués effet métal, semblaient écarter comme un rideau de chair pour dévoiler une image en orthovision ® – image beaucoup plus fine, stable, plus régulière, en tous points parfaite, une image vraie. La luxuriante chevelure serpentine, finement sculptée, encadrait un visage ovale aux grands yeux globuleux, aux pommettes saillantes et à la bouche grande ouverte – Orgasme ? Colère ? Douleur ? La sculpture, d'un hyperréalisme dur et cru, était orientée les fesses vers le canapé et la tête vers le mur opposé, ce qui rendait cette dernière invisible du point de vue de l'homme. Il lui aurait fallu une curiosité presque infantile pour oser aller voir, de l'autre côté, le visage figé de la Télésphère du Bien et du Beau : cette étrangeté sauvage l'aurait laissé interdit, tel l'orgasme féminin – figure de la mort au cœur de la plénitude même du coït –, ainsi que nous le verrons plus loin.

Sur l'écran bellement enchâssé dans la croupe charnue, l'homme voyait des images éjaculées de pieds féminins ultracambrés par des hauts talons garnis de clous. Les murs du salon réverbéraient l'écho d'un cloutage – frappe sur une tête d'un clou s'enfonçant jusqu'à la garde – et on entendait une voix synthétique féminine d'outre-tombe qui affirmait sans vergogne que, maintenant, les femmes indémodables privilégiaient les *Crucifix Cross Stilettos* ®.

Derrière l'homme sur le canapé, la femme, nue, toute trempée, entrait dans le salon. Ses pieds légers s'avançaient dans un silence humide. Les reflets luminescents, sur la peau mouillée, traçaient comme des peintures sur corps éphémères. Elle tenait sa main gauche derrière son dos. En s'avançant, elle voyait sur l'écran de la Télésphère du Bien et du Beau des lettres noires, tordues comme des clous, s'inscrire en transparence sur des pieds féminins à belle cambrure : THE FEMALE CRUCIFIX. Dans son dos, elle tenait une lame obsidienne, dont l'ombre occultait l'iridescence de quelques gouttelettes d'eau, parmi celles qui parsemaient ses fesses et s'en allaient s'égrener à touche-touche sur le parquet vitrifié et rayé. L'homme, tout contraint à consommer des signes et des signifiants que diffusait en boucle la Télésphère du Bien et du Beau, ne réagissait aucunement à la présence de la femme. Il ne sentait même pas son odeur mouillée. La femme, le surplombant, fixait tantôt sa tête brune, tantôt sa nuque, tantôt l'encolure de sa chemise rayée façon cow-boy, tantôt l'écran sur lequel une spirale entraînait dans sa folle rotation un corps humain en chute libre. Après avoir dégagé la lame obsidienne de derrière son dos, la main se levant un peu plus haut pour pointer la lame en direction de l'encolure de l'homme, brusquement... la femme fit volte-face ; puis elle sortit du salon, en ramenant sa main armée devant elle, la lame oblique face à son ventre humide, sur lequel chatoya furtivement un reflet oblongue.

 L'homme fixait sans relâche l'écran hypnotique, où une paire de *Crucifix Cross Stilettos* ® en chassait une autre, où une femme, clouée sur place sinon dans un *lit à coucher avec*, en poussait du coude une autre, et ainsi de suite, sur fond sonore de cloutage dont l'extrême violence résonnait dans tout le salon. L'homme regardait, sans ciller, non par plaisir mais par atavisme, le corps féminin en souffrance, la tige de métal à pointe s'enfonçant – par à-coups en miroir d'une sodomie subliminale – dans la paume charnue ! Le sang éjecté formait des lettres acérées qui avaient l'aspect du fil de fer barbelé :

LIBERTÉ
ÉGALITÉ
BEAU FESSIER

Derrière l'homme réapparut la femme, vêtue d'une tunique de peau couleur brique. Elle tenait à la main un étui pour instrument de musique. Elle s'engagea dans le couloir et marcha d'un pas silencieux – elle portait des sandales en fibres végétales – jusqu'à la porte noire de l'appartement. En entendant celle-ci se refermer, l'homme eut un léger sursaut, et il se retourna. Il resta ainsi, dubitatif, un instant. Puis il se leva et se dirigea vers la baie vitrée. À travers les lamelles du store en acier, il voyait, tout en bas, la femme traverser la rue. Sa silhouette était chose minuscule se découpant sur un patchwork de vêtements féminins qui recouvrait l'asphalte de la ville aux tours dressées. Au nord, l'une d'elles dégageait un énorme panache de fumée noire. La disparition soudaine de la silhouette de la femme au coin d'une rue éveilla en l'homme une vive angoisse. Il ne pouvait réprimer la nécessité d'aller rattraper cette femme. Alors il sortit du salon, fila dans la chambre conjugale revêtir son grand manteau d'ombre, s'engagea vite dans le couloir aux murs de brique, et il ouvrit la porte noire de son appartement.

Poursuivons ce rêve
Fragment par fragment
Indice par indice
Au-delà de la plus petite résistance.

En sortant de l'immeuble en brique rouge, l'homme marcha sur une petite robe noire étalée sur le macadam comme un papillon mort. Il traversa la rue, déserte et silencieuse, parsemée pêle-mêle d'un jean caméléon Lady Wild West – qui avait dû mettre en valeur la silhouette d'une femme ; d'une chemisette blanche – pour un total look très féminin ; d'une robe arc-en-ciel – pour se sentir plus femme que jamais ; de cuissardes – qui faisaient peur à l'homme ; d'un petit sac de velours crispé – d'où s'échappait un foulard camouflage militaire ; d'un Bomber – qu'une femme avait dû porter pour calmer sa féminité ; d'un pull en V – qui avait dû dénuder sans façon une épaule ; d'une jupe crayon – qui avait rendu la silhouette naturellement sensuelle ; d'un tee-shirt au motif *Crucifix Shoes* – qui avait dû galber les courbes d'un torse féminin...

L'homme longeait la façade d'un mur grêlé d'impacts de balles. Il ne savait pas pourquoi, mais il associait certains trous à des anus dilatés ; d'autres à des vulves sources. Il tourna au coin de la rue. L'œil aigu, il cherchait à deviner au loin la silhouette de la femme. Mais en dehors de quelques vêtements féminins au sol et d'une nappe de fumée noire, rien d'autre ne bougeait alentour. Néanmoins, il se lança en courant au bout de la rue, frappant au passage un *Crucifix Cross Stiletto*. Une vive douleur lui irradia l'extrémité du pied droit, lequel avait heurté la pointe pointue du talon aiguille très effilé et audacieusement démesuré. Claudiquant, l'homme s'enfonçait dans la rue, où la fumée refoulait peu à peu la lumière. Sa silhouette d'ombre venait se découper dans le contre-jour cendré d'une rue adjacente qui paraissait déboucher sur une place. Comme attiré par l'air d'une viole d'amour qui résonnait de cette direction, il s'avança dans cette rue, laissant l'empreinte code à barres de ses chaussures sur une jupe fendue.

Petit à petit, l'homme voyait émerger de la fumée une vaste esplanade de béton fissuré, couverte de débris multiples, et sur laquelle gisait un squelette géant, étendu au pied de la tour dont le sommet balafré dégageait un énorme panache de fumée noire. La mélodie de la viole d'amour cessa. On entendait plus que le froissement de millions de feuilles de papier qui flottaient dans l'air cendré. Aux os blanchis du squelette géant, des vêtements féminins pendaient comme des lambeaux de chair. Tout soudain, l'homme vit sortir d'entre les côtes la femme, son étui à la main. Elle se dirigeait vers l'entrée de la tour en feu. Se lançant à la poursuite de la femme, l'homme dégageait de ses mains les feuilles de papier qui venaient s'agglutiner contre lui. Celles qui se plaquaient à ses jambes l'entravaient dans sa course. En les repoussant, il crut voir, sur chacune des feuilles, l'image imprimée d'un cadavre. Et des milliers de feuilles, imprimées toutes d'un cadavre, se jetaient sur lui, flottaient au-dessus de la vaste esplanade, s'en allaient nuager au-dessus de la ville aux tours dressées, formant une sorte de palimpseste de toutes les victimes – génocides, ethnocides, gynécides – de plusieurs millénaires de civilisations. Le livre des morts s'effeuillait *ad vitam*.

L'homme avait vu que la femme était entrée dans la tour. Celle d'où les corps commençaient à tomber. Des sirènes d'alarme – stridentes – retentissaient. Hurlements mécaniques d'épouvante et de terreur redoublés par l'écho des façades. La structure d'acier et de verre de la tour grondait, gémissait dans un râle d'agonie. Au pied de la tour, l'homme entendait le feu qui la dévorait. Sur les marches qu'il gravissait, une nuisette sensuelle lui évoquait, douloureusement, qu'il était là au cœur d'un monde à rebours, où le cauchemar ne faisait que débuter. Il pénétra dans le hall d'entrée. Des pas rapides résonnaient dans l'escalier étroit. Il s'avança vers celui-ci. Sous ses pieds, le verre pilé craquait. Le souffle asthmatique, il gravit la longue volée de marches en pente raide qui le porta aux étages supérieurs. Au bout d'un couloir, il entr'aperçut la silhouette de la femme. Le sol était jonché de *dreamcatchers* et de feuilles de papier imprimées chacune d'un cadavre. L'homme ne pouvait faire autrement que de marcher dessus pour continuer d'avancer. Les murs craquaient. Des portes s'ouvraient et se refermaient toutes seules. Des téléphones sonnaient par à-coups. Un violent courant d'air déferlait de la partie détruite du couloir, soulevant du sol des cadavres imprimés. Et les plumes multicolores des *dreamcatchers* ondulaient comme des flammes.

À droite de cette partie détruite du couloir, la silhouette de la femme se découpait sur une béance pleine de lumière irradiée. Le vent, s'engouffrant en rafales, repoussait la femme du bord du gouffre. Elle s'accrocha à une barre d'acier en saillie. Celle-ci était brûlante ! Elle en retira sa main. Elle entendit, derrière elle, des bruits de pas entrechoquant des débris. Elle se retourna et aperçut un homme aux yeux sans visage, vêtu d'un long manteau d'ombre. Des plumes de *dreamcatchers* tourbillonnaient et s'échappaient par la béance de lumière d'où la femme voyait la ville-monde, avec ses tours dressées qui enfonçaient leurs racines de béton dans le sang de la Terre, ce sang qui courait dans les veines de la femme, et qui avait couru dans les veines de ces cadavres imprimés flottant tout autour d'elle. Alors la femme empoigna l'étui de sa viole d'amour, et elle sauta dans le vide.

Claudiquant, l'homme sortit de la pénombre et arriva au bord du gouffre. Il voyait la silhouette de la femme descendre doucement en chute libre, vers l'écrasement.

Un rêve récurrent
D'une femme crucifiée
À elle seule un thrène
Douleur permanente.

Dans une chambre aux murs de brique, l'homme, nu, se réveilla en sursaut. Toujours cette impression de chute. Une chute irrémédiable. À la tête du *lit à coucher avec* était fixée au mur une grande image en noir et blanc du champignon atomique Trinity d'Alamogordo. Sur la table de chevet, un métronome faisait encore tic-tac et une boîte de tampons était entr'ouverte. La lumière de l'aurore filtrait à travers les lamelles d'acier du store. L'homme reprenait difficilement ses esprits. La chambre à coucher roulait sur elle-même, le haut descendait ci-dessous, le bas montait ci-dessus, et de ce qui était ni le haut ni le bas s'effaçait la silhouette d'une femme tombant sur lui. Il se redressa. Il avait du mal à se départir de cette sensation d'étouffement. Il manquait d'air. Respiration asthmatique. Toux. Des brûlures au visage l'incommodaient. Il se retourna vers la femme nue allongée sur le ventre auprès de lui. Sursaut de mémoire : il avait eu un rapport sexuel avec elle ! Cela avait été... un rapport de force ? Une disjonction des sexes ? Il revoyait ce visage convulsé, ces joues crevassées, ces grands yeux globuleux aux pupilles toutes dilatées – reflétant son image phallique – et cette bouche charnue grande ouverte sur le réel de la chair, comme un écho redoublé avec cette faille humide entre les cuisses. Il en avait eu peur de cet étrange visage empreint du jouir. Un vertige qui lui avait donné envie d'en finir au plus vite avec cette femme, la clouant, la rabaissant, la neutralisant *more ferarum* pour ne pas voir ses grands yeux d'animal traqué et associé, via la sodomie, à la question de la mère : « Ma mère, ce *n*'est *pas* elle ! » Aux prises avec sa condition mortelle qui animait le courroux de ses coups de reins, poussant un cri de rage en laissant dégoutter de sa bouche infernale une écume brûlante, il avait éjaculé dans la merde, face à face avec la Bombe Trinity, définitivement posée en majesté, et qui semblait lui avoir murmuré : Good Boy !

L'homme nu se leva, contourna la viole d'amour, et alla regarder par la fenêtre la ville-monde déserte, avec ses tours fantômes au pied desquelles des millions de vêtements féminins gisaient pêle-mêle. Il se retourna et observa la femme nue en train de dormir à plat ventre. Ce beau corps où le concept de *fraternité* avait été battu en brèche par celui de *beau fessier*. Le regard de l'homme descendit des cheveux nattés jusqu'à la croupe satinée, ronde comme un globe terrestre, et, de là, le regard devenu aigu se leva abruptement vers l'image cendrée de Trinity. L'homme s'en rapprocha, pour y relire la légende : « Ce qui constitue le Nouveau Monde, c'est la destruction totale de ce qui lui est opposé ! »

L'homme nu alla en sourdine dans la salle de bains, enjambant au passage la petite robe noire étalée comme une peau morte sur le carrelage, près des hauts talons *Crucifix*. Le front bas, le regard sombre en dessous, le souffle court, il s'observait dans le miroir mural. Son sexe avait des traces de brûlures indiennes. Quelques griffures zébraient de-ci de-là sa poitrine velue. Il tira la langue : celle-ci était chargée. Il avait encore le goût musqué de la femme dans sa bouche. Et une odeur ferrugineuse s'exhalait de ses mains de tueur – et c'était un bon tueur, un des meilleurs. Il alla s'asseoir lourdement sur la cuvette des toilettes pour y vider ses entrailles. Enclos dans l'odeur rassurante de son urine et de ses fèces, il fixait vers la chambre ses vêtements posés sur la chaise, ainsi que le holster qui y était suspendu. L'arme, enceinte dans son fourreau de cuir tanné, l'attirait. Il ressentait l'impérieuse nécessité de l'avoir en main, de la palper, de sentir qu'elle n'était pas seulement un objet – une arme –, mais une puissance qui ne cessait pas de lui murmurer langoureusement : « How much can you ejaculate for me ? » Comme à tous les dieux, il se devait de lui rendre hommage. De la servir. Et elle avait soif d'holocaustes.

Sans s'essuyer l'anus conchié, ni tirer la chasse, l'homme se redressa brusquement et s'extirpa de l'enclos rassurant de ses odeurs pour se diriger vers la chambre à coucher. Il s'arrêta auprès de la chaise, empauma la crosse et sortit l'arme de son fourreau. Il se retourna. Puis il pointa le canon de l'arme vers le *lit à coucher avec,* inoccupé, d'aspect sauvage, les draps plissés tachés par le sperme et la menstruation. L'homme nu arma le chien, puis fit feu dans les particules de peaux mortes disséminées sur la couche amère et usurpée. Le métronome s'arrêta net. Un chant des Indiens d'Amérique, célébrant les esprits et les astres, provenait du salon.

L'homme nu retourna dans la salle de bains, baissa l'abattant de la cuvette des toilettes, y déposa son arme odorante, puis pénétra dans la cabine de douche. Près de la bonde d'évacuation des eaux usées, il y avait de longs cheveux noirs de femme entrelacés. Il ramassa la touffe, puis la déposa à l'intérieur du porte-savon.

Dans le salon, la femme – cheveux noirs nattés et robe amérindienne aux motifs Apache – était assise sur le canapé de velours noir crispé, face à face avec l'écran rebondi de la Télésphère du Bien et du Beau. Elle y dévorait des yeux une femme nue, à la coloration de peau plus ou moins sombre, et qui exécutait autour d'une barre verticale une danse d'un rythme convulsif. Son corps filiforme défiait les lois de la pesanteur : il montait, descendait, ondulait, s'enroulait et se déroulait autour de la barre rutilante comme un élastique de chair prêt à se rompre. La musique se composait de percussions, accompagnées de voix et de cris, avec de nombreuses et complexes variations de rythme qui s'entrecroisaient et s'entrechoquaient. Le rapport que la danseuse établissait avec la barre d'acier évoquait une sublimation sexuelle qui passait par la violence et la transe. Il y avait quelque chose de la marionnette dans ce corps qui s'exposait en holocauste en prenant une posture de suppliante.

    Derrière la femme sur le canapé, l'homme nu entrait dans le salon. Il tenait sa main droite armée derrière son dos. Ses pieds humides laissaient des empreintes évanescentes sur le parquet vitrifié et rayé. La femme fixait l'écran rebondi de la Télésphère du Bien et du Beau. L'homme y voyait des soutes s'ouvrir et se contracter comme des sphincters pour lâcher des bombes au napalm. Des arbres, des monuments antiques et séculaires étaient pulvérisés en une multitude de débris, mêlés à un feu d'artifice de couleurs vives et aveuglantes. L'homme baissa ses yeux hagards vers la tête de la femme bellement nattée. Il dégagea de derrière ses fesses musclées son arme. Puis il prit en ligne de mire cette tête de bouc-émissaire. Sur l'écran, la destruction massive de la forêt poursuivait son cours, réduisant des centaines de cités de cultures différentes à néant. Et l'ombre de la mort se répandait peu à peu dans tout le salon, comme si elle s'était échappée de la sculpture de bronze à la croupe charnue. Brusquement, saisi d'un vertige, l'homme se retourna sur lui-même, ramenant son arme contre sa poitrine griffée. Du canon s'échappait une fragrance de poudre qui lui rappelait que le royaume eschatologique était déjà accompli.

    Tandis que l'homme sortait du salon, la femme fixait sans relâche l'écran, fascinée par la danseuse qui se débattait, au cœur d'un silence farouche, avec son propre corps souffrant, lacéré, violé, cloué, ce qu'elle figurait, suspendue les bras en croix tout en haut de la barre, avec des convulsions et des tordions qui ruinaient, peu à peu, par leur réalisme cru, le ravissement de la femme – laquelle avait intégré jusque dans sa sexualité la violence et la domination systémiques de l'homme : la fellation et la sodomie avaient été pour elle des armes de négociation. Piquée au vif, la femme, assise sur le canapé de velours crispé, luttait intérieurement pour ne pas échapper aux signifiants diffusés par la Télésphère du Bien et du Beau. Elle essayait de ne pas céder sur son désir d'écran : elle ne pourrait pas vivre sans.

    Derrière elle, l'homme, tout habillé d'ombre, s'engageait dans le couloir. D'un pas décidé, il se dirigeait vers la porte noire de l'appartement. En entendant celle-ci se refermer à l'envers, la femme se retourna doucement. Un sourire malin se dessinait sur son visage aux grands yeux lapis-lazuli pleins de feu.

> *Ceci est un rêve*
> *Mais non une fiction*
> *Faisons ce rêve*
> *Qui n'est que déformation.*

    Dans les rues muettes totalement désertées qu'arpentait l'homme, étaient éparpillés des milliers de vêtements de femme : jupes, robes, slips, bas, jeans, soutiens-gorge… tous au motif camouflage militaire. Ainsi les rues ressemblaient-elles à des champs de bataille jonchés de cadavres féminins sans corps. Juste des épluchures d'êtres à imprimé camouflage, parmi lesquelles la silhouette de l'homme zigzaguait vers un horizon caché par une épaisse fumée noire. De rue en rue, il avait la sensation de se déplacer à l'intérieur d'un labyrinthe, où il risquait de se perdre. Les tours environnantes accentuaient son sentiment d'oppression, d'écrasement. Il reconnut un mur de brique, criblé de trous, et il s'orienta en conséquence. Des cris de sirènes résonnaient à mesure qu'il s'approchait de la vaste esplanade, couverte de débris multiples et d'images de cadavre. Le squelette géant se dressait au pied de la tour en feu. Auprès d'elle, les façades gris acier de sa sœur jumelle reflétaient la lumière crue d'un ciel tourmenté et irradié. L'homme longeait le squelette. De ses os imposants couverts de cendre, se détachaient, comme des peaux mortes, des vêtements de femme en camouflage militaire. Certains étaient lacérés. D'autres tachés de sang. Quelques-uns souillés par le sperme conquérant. Au sol, incrustés dans le béton lézardé, des boutons de nacre ; des petits bijoux ; des morceaux de ceintures cloutées ; des lambeaux de fermetures à glissière ; un gant de cuir ; une chaussure à talon…

Après avoir longuement observé le vaste crâne, avec ses dents carnassières gigantesques, avec ses orbites oculaires qui n'avaient plus que la mort pour vous regarder, l'homme pénétra dans le squelette en passant entre les côtes de la cage thoracique. Il avait l'étrange sentiment d'un déjà-vu. Comme s'il était déjà venu en cet endroit. Comme s'il y avait toujours vécu. Le vent courait entre les os, créant une musique brute et pure. Par endroits, de la poussière cendrée tourbillonnait, formant de petites volutes fantomatiques. L'homme avait l'impression d'être à l'intérieur d'un vaste édifice en ruine. Du plafond cintré tombait une pluie de lumière. Le sol osseux ondulait dans la cendre. L'homme ressortit de l'autre côté de la cage thoracique, face à la plage de sable qui bordait l'esplanade. Parmi les véhicules de travaux immobilisés dans le sable, se dressaient quinze barres de pole dance. Quinze danseuses de haute stature, masquées de blanc et vêtues chacune d'un jean legging et d'un tee-shirt à slogan *Crucifix Shoes*, exécutaient autour de leurs barres respectives une danse rythmique, grave et sobre, sur la musique funèbre que réverbérait le squelette géant. Chaque mouvement des quinze danseuses était parfaitement synchronisé, ce qui provoquait un effet esthétique envoûtant, accentué par leurs voix endeuillées qui entonnaient un thrène. L'homme regardait les figures éphémères que dessinaient leurs croupes sphériques, leurs mains osseuses, leurs poitrines aguerries, leurs hanches étroites et leurs longues jambes toutes-puissantes.

Pas très loin des quinze danseuses, l'homme reconnut la silhouette de la femme, assise sur le sable, regardant la danse aux barres verticales et écoutant le thrène – « Ô lit conjugal, par toi combien souffrent les femmes… ». L'homme s'avança vers elle. Ses pieds s'enfonçaient dans le sable d'où se dressaient vers la lumière des Asphodèles – fleurs associées à la mort – et des Agapanthes – fleurs réclamant le silence. Il s'arrêta derrière la femme. Elle se retourna vers lui. Ses yeux lapis-lazuli brillaient d'une clarté sans fond. Elle lui sourit – avec une pointe de malice aux coins des lèvres. Puis, elle porta de nouveau son regard vers les danseuses. L'homme s'abaissa derrière elle. Il prit dans ses mains une natte, qu'il dénoua consciencieusement. Après avoir fait de même pour l'autre natte, il inclina doucement la tête de la femme en arrière. Elle ferma les yeux. L'homme voyait les veines bleues du cou palpiter. À l'aide de ses doigts, il coiffa longtemps la longue et lourde chevelure noire qui dégageait une odeur sauvagine. Il lui ressouvint tout à coup qu'à la question qu'une femme aux grands yeux lapis-lazuli lui avait posée lors d'un dîner, et qui était : « En quoi aimeriez-vous vous réincarner après votre mort ? », il avait répondu, comme si cela eût coulé de source : « En une femme comme vous ! »

Lentement, la femme ramena la tête en avant. Elle se redressa, fit quelques pas dans la lumière blanche et morte, puis elle se retourna vers l'homme, encore accroupi. De haute stature de son point de vue à lui, il la contemplait dans toute sa magnificence. Elle dégageait une vérité animale. Et l'homme comprenait que le paraître et le mouvement incessant des femmes et des hommes dans les cités de jadis avaient été sous-tendus par le refoulement sexuel, l'effacement de tout rapport avec la mort, l'oblitération du réel et l'exacerbation de la différence féminin/masculin.

La femme enleva sa robe noire flottante. Et l'homme, désorienté face au mystère de cette nudité frontale, pensa, sans objectiver, sans intellection, mais nûment, ce vent portant jusqu'à lui cette puissante odeur d'algue sexuelle ; ces petits seins fermes et mobiles ; ce ventre rebondi satiné de sueur ; cette ossature et ces attaches fines sous les muscles déliés ; ces lombes, de chaque côté de la colonne vertébrale, creusées vers le bas du dos de fossettes iliaques et couvertes d'un fin duvet orienté en lignes de forces divergentes ; ce sillon glutéal noir profond ; ces fesses opulentes, traversées chacune par une houle musculeuse qui les contractait durement, les balançait souplement, et les réunissait en une sphère cordiforme ; cette peau capitonnée, d'aspect bosselé, disséminée à la base des fesses et sur le haut des cuisses ; et puis cette tragique bouche rouge sang, par laquelle il pouvait entendre la voix endeuillée des danseuses qui chantaient qu'Elle et Lui s'opposaient comme Tout et Néant. Elle : force vitale primordiale. Lui : insatiable de guerre. Et que tant de meurtres, tant de crimes, tant de massacres, tant de guerres, tant de copulations et d'accouchements avaient été consommés pour le bonheur de ce couple-là.

La femme toute nue s'avançait vers la mer bleu-gris. L'homme fixait l'ondoyance lascive de la croupe, mouvement du même où s'exprimait la permanence du toujours et qui affirmait crûment que les femmes n'étaient pas nées d'un sexe à faire des lois et la guerre, mais d'un sexe à faire tourner le monde dans le cosmos et inversement. La femme s'enfonçait peu à peu dans la mer... Des embruns giclaient sur son torse et son visage... L'homme voyait les épaules se couvrir d'écume ; puis la longue chevelure onduler à la surface des flots, telle une robe noire...

L'homme attendait, fixant la surface bleu-gris de la mer. Les danseuses avaient disparu. Les barres scintillaient comme si elles avaient été en fusion, donnant à la plage une clarté mortelle. L'homme se sentait triste. Mélancolisé. Pas loin, il entendait le feu qui dévorait la tour, et d'où les corps commençaient à tomber. Il sortit de la poche de sa veste, couverte de cendre, une touffe de cheveux noirs de femme. Ça sentait le minéral. En inhalant l'odeur, il voyait le visage de la femme qui venait de s'enfoncer dans la mer. Ce qu'il trouvait ontologiquement le plus triste dans l'extinction en cours d'*Homo sapiens*, c'était que les femmes allaient disparaître. Regardez-les bien, car elles sont uniques dans l'univers, et cette grâce ne se répétera jamais plus.

Derrière l'homme, la robe noire flottante roulait sur le sable. Forme fantomatique habitée par le velours du vent. Le tissu soyeux bruissait. L'homme se retourna, et vit, avec stupeur, un homme aux yeux sans visage qui pointait une arme sur lui. Dans la profondeur, s'avançait un astronaute en combinaison spatiale rouge sang. Il était armé d'un os, qu'il abattit violemment sur la tête de l'homme aux yeux sans visage, lequel s'effondra à terre avec son arme et son manteau d'ombre. Sur la visière du casque de l'astronaute effaré, se reflétaient la tour en feu et une silhouette cruciforme noire qui traversait le ciel et allait s'encastrer dans le corps gris cendre de la tour jumelle, sans ressortir de l'autre côté, mais explosant en une monstrueuse boule de feu, tout auréolée de débris de verre, d'acier, de chair, de sang, débris qui allaient s'abattre au sol en une pluie torrentielle, enténébrant petit à petit le jour.

Rêves oubliés
Rêves qui reviennent
Rêves qui vous rattrapent
Une nuit, de là-bas.

Survol extatique d'une vaste étendue couleur chair, tout empreinte de cicatrices, un corps-monde labouré, crevassé de cratères d'obus, défoncé, lacéré d'entailles, éclaté, grêlé d'impacts de balles, éventré. Au pied du Mont de Vénus, s'étendait une épaisse forêt d'un noir profond, au cœur de laquelle l'homme, vêtu de ses apparats de guerrier et portant ses instruments de combat, crapahutait comme un animal sur le qui-vive. Il était en mission Recherche-et-Destruction. Sur son casque d'acier il avait écrit : *Pourquoi Moi ?* Alentour se dressaient des milliers d'arbres millénaires, pleins de vie farouche, les troncs noueux couverts de lichen et ourlés de lianes. Des arbres écroulés pourrissaient sur place parmi les fougères, les ronces et les plantes grimpantes. Des entrailles humides de la terre jusqu'aux frondaisons entortillées s'élevait la rumeur sourde de la lutte végétale pour la vie. Certaines plantes ouvraient leurs pétales monstrueux au passage de l'homme-soldat. De-ci de-là des insectes ailés venaient l'attaquer. L'air était épais et chaud, aussi respirait-il à grand-peine sous le poids de son gilet pare-balles et de ses armes – un fusil-mitrailleur M-60 ; des grenades ; un revolver. Il était concentré sur ses pieds qui s'enfonçaient dans la bourbe. Avancer tout en redoutant les pistes piégées, les tireurs en embuscade, les sangsues et – sa hantise – les morsures de serpents. Entre les épaisses voûtes de branchages entrelacés, il entr'apercevait des hélicoptères de combat. La forêt résonnait des bruits de la guerre, mais aussi des cris de toutes sortes d'animaux. Une volière de sons étranges. Parmi tous ces sons, il distinguait, parfaitement, celui d'un cri humain. Un cri de femme. Une femme qui agonisait ou qui était torturée. L'homme-soldat décida de se diriger au son de ce cri dans l'épaisseur moite de la sombre jungle.

Par-dessus le bruit obsédant des rotors, à mesure que l'homme-soldat se faufilait précautionneusement à travers un rideau de lianes qui frémissait sur toute sa longueur, des femmes prenaient corps à l'entour. Des femmes hiératiques, figées comme des statues façonnées par l'eau et la terre, arborant toutes des chevelures de serpents et un visage ovale aux grands yeux globuleux lapis-lazuli, aux joues crevassées et à la bouche grande ouverte en résonance avec le cri incessant qui remontait des profondeurs de la jungle. Certaines femmes – fantômes de la sexualité – affichaient une nudité inquiétante ; d'autres portaient des vêtements camouflage militaire ou des robes somptueuses toutes bariolées de couleurs vives. Elles présentaient chacune un faciès de masque, lançant des regards sauvages vers l'homme-soldat tout irradiant de puissance de mort. Des hélicoptères venaient s'immobiliser au-dessus des arbres pour permettre aux mitrailleurs de porte de faire feu. La haine n'avait jamais fait autant de bruit. Des corps de femme volaient en éclats auréolés de débris d'écorce et de feuillage. L'homme-soldat, poussé par la peur, zigzaguait entre les corps, évitant de regarder les visages qui avaient la mort dans les yeux. L'escadrille d'hélicoptères s'éloignait avec sa sidérante cavalcade sonore qui déclamait le vœu d'une hécatombe. L'homme-soldat voyait en profondeur des explosions multicolores aveuglantes, sur lesquelles se détournaient les troncs gigantesques des arbres, dont certains s'abattaient avec fracas. Dans la fumée lourde, épaisse, l'homme-soldat s'arrêta parmi de hautes fougères. Entre des feuilles cireuses, sur lesquelles de gros insectes rampaient, une toile d'araignée, qui lui barrait le chemin, attendait sa proie. Et la nuit tomba, enténébrant la jungle aux sonorités infernales.

L'homme-soldat traversait une clairière dégagée, se guidant dans l'obscurité enveloppante au son du cri. Sa silhouette de guerrier lourdement armé se découpait sur le ciel ruisselant d'étoiles, lumière multimillénaire de la Voie lactée. L'homme-soldat glissait dans l'épaisse végétation, pénétrant derechef dans le noir absolu de la jungle. La peur le tenaillait si violemment, qu'il décida d'attendre le jour, accroupi entre les racines d'un arbre drapé de lianes. Même si durant le jour la jungle restait très sombre, il pourrait néanmoins essayer de s'orienter sur le cri. Enveloppé dans son poncho, il découvrait amèrement que l'épuisement et la peur avaient une odeur. Le regard vide, il fixait ses bottes de jungle boueuses. Le cri, redoublé par les échos des arbres, absorbait tous les bruits de la jungle. Même le sifflement des moustiques voraces. Assommé par la fatigue, peu à peu l'homme-soldat sombra dans un demi-sommeil sans rêves.

Le petit jour piquetait l'épais feuillage des frondaisons. Des ocelles mordorés palpitaient sur la végétation et le sol humides. Des nuées d'insectes s'agitaient dans l'air moite et chaud. Une odeur mouillée et ferrugineuse montait de la terre semée de bois pourri et empreinte de marques de pieds. Des pieds nus parfaitement moulés au sein de la boue. Dans la crainte des tireurs embusqués, l'homme-soldat s'immobilisa. Il était cerné d'un impénétrable rideau de lianes, derrière lequel la mort pouvait le mettre en joue. Depuis les voûtes feuillues, de la rosée s'égouttait sur les entrelacs de broussailles, sur les fleurs cireuses, sur les fougères et sur le sol. L'homme-soldat, emperlé de rosée, reprit sa marche en suivant les empreintes de pieds qui balisaient les méandres du sentier tout en pente descendante et bordé de buissons aux feuilles percées. La fatigue musculaire lui engourdissait l'esprit. Du dos de la main, il retirait la sueur qui perlait devant ses yeux. Des paillettes coruscantes dansaient dans l'air vaporeux, où se modelaient, petit à petit, çà et là, des corps de femmes. Tout encapuchonnées d'effroi, les plis et les déliés de leurs corps nus d'une *inhumaine* beauté, ces femmes de brume formaient comme un étroit couloir qui mena l'homme-soldat face à un mur de brique envahi par une végétation sauvage. Le cri funèbre était tout proche maintenant, et l'homme-soldat distinguait dans la pénombre sa source : une femme nue, ruisselante de sang, se contorsionnait douloureusement, face appuyée contre le mur de brique, le mur des siècles.

Pas loin, des fusées éclairantes cherchaient des cibles. Des bombardiers "Phantom" larguaient du napalm. Des bombes incendiaires. Des bombes au phosphore. Par-dessus cette puissance de l'agir, la femme criait. Une plainte aigüe et stridente. Regroupées autour d'elle, des femmes nues, masquées de blanc, chantaient et dansaient un thrène. Une voix collective qui chantait à l'unisson, dans la même épouvante et la même terreur, une douleur. Contre le mur de brique, le corps rougi de sang de la femme se convulsait, s'entortillait, exprimant les coups reçus, les viols des vainqueurs. Une représentation crue et brutale. Une souffrance sans le verbe qui faisait violence à l'entendement. Agonisante, la femme rampait sur le sol en flaques de sang d'un abattoir d'humains, sang rouge-noir qui ruisselait sur sa croupe sphérique comme un globe terrestre. La femme s'immobilisa auprès de l'homme-soldat, lui présentant un faciès traversé d'une bouche distendue par la formidable puissance du cri. L'homme-soldat ne pouvait soutenir ce regard enténébré, ni ce qu'évoquait en sa béance obscure la bouche hurlante, ni cette nudité livrée à la souffrance toujours recommencée. Froidement, il leva son arme vers la femme. Elle prenait – pour lui – une posture de suppliante. Il pointa le canon au niveau de la nuque, où s'écoulait une chevelure noire ramenée en arrière par un bandeau rouge indien. Et l'homme-soldat abattit la femme d'une balle. Une protubérance de sang s'éleva doucement au-dessus de la tête, puis s'égrena sur la chevelure comme une libation. L'homme-soldat jeta son arme, et regarda, effaré, ses mains de tueur – et c'était un tueur ! Auprès de lui, les femmes nues, masquées de blanc, chantaient et dansaient le deuil autour du corps de la femme assassinée. Elles se frappaient alternativement des deux poings leurs poitrines nues. Les cages thoraciques résonnaient comme des tambours éclatants.

L'homme-soldat fixait ses mains. Il avait le regard fixe et lointain, comme s'il voyait au-delà de toutes les choses qui structuraient le monde. Ses yeux, cernés de rides, étaient vides de toute vitalité, sa peau décolorée, ses lèvres blêmes, toutes gercées et froides. Un visage minéral. Une des danseuses, la chevelure pleine de feuilles, les hanches ondulantes, s'approcha de lui. Elle déposa ses lèvres masquées de blanc sur les siennes toutes froides. Puis elle lui prit une de ses mains de tueur, et elle l'aida à former un revolver avec les doigts. Ensuite elle se tourna, pour aller rejoindre les autres danseuses, enveloppées d'obscurité brumeuse. L'homme-soldat baissa un regard oblique vers la vaste croupe, là où s'était jouée, jadis, la réciprocité du voir et de l'être-vu. Il s'abîmait dans les courbes paraboliques et hyperboliques, tout en portant le "revolver" à sa tempe. Il tira ! Et sa tête s'enveloppa de nuit.

Chantons ce rêve
Ce récit en images
Ce dire visionnaire
Laissons-le danser.

Des tréfonds humides de la jungle, les danseuses nues, au faciès d'Érinye, la chevelure pleine de feuilles d'un rouge inquiétant, s'approchaient de l'endroit où était tombé avec ses armes l'homme-soldat, et en place duquel s'étalait maintenant, sur le sol pulvérulent, un scaphandre rouge sang. Face aux danseuses, dans la profondeur de champ, sous une lumière blanche et morte, se dressait un gros rocher couleur de cendre, contre lequel l'homme-animal – extirpé de la structure annulaire de son scaphandre – coïtait impérieusement une femme à la longue chevelure serpentine noire. Gigantesque et brûlante, exhalant une odeur sauvagine, elle avait le corps harmonieux maculé de terre, de crasse et d'excréments qui fondaient sous la sueur en de fines traînées sombres. À coups de reins – houle longue et creuse –, l'homme-animal s'enfonçait au fond du vagin, lieu de mémoire – mémoire de plusieurs millénaires de civilisations, mais aussi mémoire stellaire, minérale, végétale et biologique. À coups de reins – violence sauvage et primordiale –, l'homme-animal vivait dans son enveloppe charnelle, destinée à la mort, une infinité de transformations de mâle à femelle, et inversement, éprouvant ainsi tantôt la violence la plus brute, tantôt la plainte funèbre, tantôt le plaisir éjaculé mâle, tantôt la jouissance femelle oraculaire. À coups de reins – semonce de l'espèce –, il remontait des entrailles de la Terre, jusqu'à la source originelle lapis-lazuli qui scintillait au fond du regard frontal de la femme. L'homme-animal, tout en cognant de la verge contre le museau renflé de l'utérus, passait, petit à petit, de la jeunesse à la vieillesse, puis de la vieillesse à l'agonie... Naufrage du désir... Désastre... Apercevant, avec stupeur, le visage de l'homme-animal terriblement vieilli, les cheveux tout blancs, les yeux opaques, la bouche édentée à l'haleine fétide, la femme retira ses grands bras du corps multimillénaire, glacial comme la pierre et qui n'avait plus qu'une fine peau cireuse toute parcheminée sur les os. L'homme-animal se détachait doucement du ventre poisseux de la femme, contre lequel il avait cogné, frappé longtemps, toujours peut-être, et en lequel son sperme dru avait fontainisé sans relâche pour les siècles des siècles. Tout en tremblant sur ses frêles jambes, l'homme-animal s'éloignait de la femme. Il comprenait que remonter jusqu'à l'origine était voué à l'échec, que l'unité primordiale n'avait jamais eu lieu, que différentes formes de vie avaient existé avant celle-ci, et que ce *n'était pas* les femmes qui imitaient la Terre, mais la Terre qui imitait les femmes regardant en face la figure de la mort dans la plénitude même du coït. Sur le ventre féminin, l'homme-animal voyait l'ombilic du rêve qui s'enfonçait dans les ténèbres de la chair, jusqu'au rêve ultime d'où la femme, en regardant l'homme-animal s'effondrer dans un nuage de poussières primitives et de particules élémentaires, laissait jaillir de son vagin rubescent une source impérieuse allant se jeter à la mer.

Les vagues se déchiraient sur de lourds rochers couleur de lune. Elles fusaient en longues gerbes crêtées d'écume grumeleuse. Des embruns s'égrenaient à touche-touche sur des seins surgissant des flots. La femme sortait la tête de l'eau, hors d'haleine. Sa bouche distendue cherchait l'air. La houle, lente et creuse, poussait son grand corps sur le rivage. Elle resta ainsi, allongée sur le sable à plat ventre. Le temps de reprendre peu à peu ses esprits. De calmer son cœur qui cognait fort dans sa poitrine. De retrouver son souffle. De sa bouche ourlée d'écume s'exhalait une respiration rauque et asthmatique. Elle toussait. Recrachait de l'eau de mer. Les vagues se brisaient en mourant sur le sable ; des embruns venaient gicler sur son grand corps. Elle sentait la mer refluer d'entre ses longues jambes. Elle l'entendait gonfler en un long et puissant bruit d'aspiration, puis revenir s'abattre sur elle en grondant. Tout autour de la femme des milliards de grains de sable frémissaient. Elle s'y enfonçait doucement. Dans le ciel irradié, elle voyait flou le Soleil. Et elle sentait la Terre, sur laquelle elle était allongée sur le ventre, tourner autour de l'astre de feu. Gisant face contre sable mouillé, elle était tout enveloppée par ce mouvement infini qui la plaquait au sol. Elle ne tomberait pas vers le ciel. La force centrifuge empêchant la chute, elle pouvait tenter de se relever. De se redresser. De soulever sa carcasse d'os, de chair et de sang. De mettre un pied devant l'autre pour avancer. Réapprendre à marcher sur le sable fin, où elle trouva un bandeau rouge indien. Avec celui-ci, glissé autour de sa tête, elle ramena sa longue chevelure noire en arrière sur ses épaules. Puis, avec un élan sexuel qui sublimait sa peur dans l'agir, elle reprit sa marche sur la plage où s'abattait une lumière crue et aveuglante.

    Elle s'était réfugiée dans un bosquet qui bordait une crique. La rosée pleuvait des arbres et ruisselait sur son corps où le sel avait séché en une fine pellicule blanche. Des graines s'envolaient des arbres agités par le vent et égrenaient le sol. Certaines éclataient en exhalant une odeur de sperme. L'herbe devenait marécageuse. Le corps trempé de rosée, elle retourna au bord de la crique. L'air chargé d'iode et de sel la vivifiait. La vaste mer crêtée d'écume brasillait. Une odeur de cyprine remontait d'entre les rochers humides. La femme les traversa pour rejoindre les dunes de sable qui ondulaient sur la côte. Arrivée au sommet de l'une d'elles, elle redescendit vers la mer et contourna d'autres dunes pour s'engager sur une plage de galets. Là se dressait un gigantesque mur de brique qui longeait le rivage de part et d'autre et s'élevait très haut vers le ciel irradié. Elle trouvait ce mur impressionnant avec toute cette végétation sauvage qui le couvrait. Parmi les entrelacs de broussailles et de branches feuillues, elle remarqua un trou béant, au pied duquel s'étalaient des éboulis de briques. Elle ressentait, avec anxiété, la nécessité d'aller par ce chemin ouvert de l'autre côté du mur. Elle traversa avec précaution les monticules de briques d'où serpentaient des ronces. Des épines lui griffaient les mollets et les pieds. Mais elle était indifférente à la douleur. De l'autre côté du mur de brique, dans la béance pleine de lumière pure et crue, son corps nu de haute stature se détachait dans le contre-jour en une silhouette noire finement ciselée. La femme enjamba les briques restées debout, et elle se retrouva face à un désert escarpé couleur de rouille.

    À mesure qu'elle s'aventurait dans cet espace meurtri par les cratères de bombes, tout autour d'elle prenaient forme des carcasses calcinées et éventrées de chars, de jeeps, d'avions de chasse, d'hélicoptères d'assaut, de tanks, de bombardiers B-52, de bulldozers géants… Ces vestiges de la technologie guerrière se dressaient vers le ciel comme des monstres déchiquetés qui cherchaient encore à apparaître en puissance de terreur. Mais seul le vent chaud hululait entre leurs carcasses grêlées de trous. La femme se faufilait parmi les épaves, dont certaines, gigantesques, formaient des falaises d'acier abruptes, aux sommets desquelles des oiseaux de proie l'observaient. Sur le sol balafré par le napalm, elle remarqua une chaussure à talon aiguille *Crucifix*, en partie rongée par l'érosion. Mais la femme – domptée par le lit conjugal – qui y était habituellement crucifiée n'y était plus : il ne restait que les clous sur la croix d'acier toute vermoulue. Çà et là, des vêtements féminins camouflage militaire étaient incrustés dans la terre, leur donnant un aspect minéral inquiétant. Vue du ciel, la silhouette de la femme se détachait clairement de la surface du désert rouillé et parsemé de traces sombres. Elle marchait plus vite que la lumière, bellement indifférente à l'entropie.

Chaque fois qu'elle levait les yeux vers le ciel irradié, se surimposait au Soleil un lit à coucher flamboyant sur lequel une femme, en position psychique genu-pectorale, travaillait des reins afin de donner meilleur pouvoir de pénétration au mâle – une conjonction barbare et farouche. Et la femme, à la beauté de sauvageonne, marcha très longtemps dans ce paysage frappé par la guerre et brûlé par le Soleil. Elle savait que cette lumière solaire avait été produite par des réactions nucléaires qui s'étaient enclenchées aux temps préhistoriques et qui étaient de même type que celles utilisées par l'homme dans les bombes H, bellement qualifiées comme étant le commencement de l'immortalité.

La nécessité l'avait rendue industrieuse : confection d'outils ; d'armes et de collets de chasse ; fabrication d'abris ;

compréhension des mouvements célestes ; aptitude à déchirer les bêtes à mains nues ; capacité à chanter son angoisse ; redécouverte de tout son corps – autrefois démembré en zones érogènes : bouche, seins, vulve, clitoris, anus – et exploration de l'infini des possibles identités sexuelles de l'individu-femelle... Blottie dans la substance minérale d'un rocher d'aspect lunaire, elle dormait d'un sommeil profond et réparateur, dans les entrelacs mnésiques duquel elle élaborait, fragment par fragment, image par image, scène par scène, la perception sauvage d'un rêve où elle procédait à l'ascension d'un squelette géant qui, de toute sa hauteur, se dressait aux confins du monde. Nue, le corps couvert de sel séché, elle gravissait la paroi grêlée du tibia gauche en glissant ses mains et ses pieds dans des trous qu'elle repérait çà et là. Elle profita d'une petite saillie pour s'y agripper fermement et ainsi se reposer un peu. Le sel fondait en traînées blanches sur tout son corps en sueur. Ses longues jambes étaient agitées de soubresauts. Ses larges fesses, au moelleux rebondi, étaient empreintes d'une indomptable vitalité. D'un regard oblique, elle devinait la rive ombreuse de l'horizon où se confondaient ciel et terre. Saisissant le rebord d'une aspérité, elle reprit la montée. Elle ne pensait à rien d'autre qu'à son corps enclos dans l'effort, s'agrippant, s'accrochant jusqu'à ne plus faire qu'un avec la surface osseuse à laquelle elle se cramponnait. Parvenue en haut du tibia, elle se hissa sur une sorte de plate-forme, près des rotules d'où s'élevait le fémur. Assise, elle contemplait le panorama au sol d'aspect poudreux et jonché de pierres toutes-puissantes. Douée d'un regard latéral, elle voyait de part et d'autre affleurer la couche primitive du monde. Elle se releva, déterminée à poursuivre l'escalade. À l'aide de petites cavités et de saillies, elle se glissa par-dessus les rotules, puis commença à grimper au long du fémur. Elle ne regardait jamais vers le bas, mais seulement ses pieds et ses mains qui cherchaient à tâtons à se cramponner solidement.

Avec effort et quelque difficulté, elle s'éleva jusqu'à l'os iliaque. Debout au sommet de celui-ci, elle s'élança sur la bordure du sacrum. Pour garder son équilibre sur ce chemin étroit, elle tendait ses longs bras de chaque côté du corps, car le vent était devenu plus fort à cette hauteur. Elle s'arrêta auprès d'une vertèbre lombaire. Elle s'y accrocha, glissa, rampa, les doigts des mains et des pieds crispés à l'intérieur de petites fissures. Opiniâtre, franchissant vertèbre sur vertèbre, elle gravit la colonne vertébrale. Elle n'avait pas peur d'être aussi haut. Elle ne ressentait plus l'effort. Seulement, par instants fugaces, un sentiment d'oppression ; ou bien un sentiment passager d'impuissance motrice, avec les muscles gourds, les jambes lourdes et douloureuses. Puis, derechef, une légèreté s'emparait de tout son corps et le soulevait avec grâce, l'aidant à franchir les obstacles et les difficultés qui se présentaient immanquablement. Dans la vaste cage thoracique, le vent s'affairait entre les os, provoquant un assourdissant bruit de ressac. Des échos lugubres couraient sur les os qui vibraient. La charpente osseuse craquait, grinçait en se balançant légèrement. Par les vertèbres cervicales, petit à petit, elle pénétra dans le crâne sonore. Le vent mugissant produisait une mélodie funèbre, aux tonalités à la fois cristallines et métalliques. Une harmonie continue, envoûtante et hypnotique, créée par les anfractuosités dans les os grêlés du crâne. Glissée au creux d'une cavité, la femme écoutait, les yeux grands fermés, le vent se faufiler parmi les os, tout en se voyant, par les yeux de l'esprit, debout au bord de l'orbite droit du crâne, béance circulaire, pleine de lumière, qui s'ouvrait sur la vastitude de la couche primitive du monde. Penchée en avant au bord de l'orbite, la femme regardait loin la *terre barbare large poitrine*. Elle ressentait dans son corps la légère oscillation du squelette. Sa longue chevelure sauvage s'agitait dans le vent froid, dont la plainte funèbre et pure tournoyait dans le crâne en échos douloureux, toujours recommencés. La femme fit un pas dans le vide, et ce fut la chute, vers l'écrasement – de toutes structures – radical !

Parvenue aux extrêmes du monde, qu'un Soleil foudroyant illuminait, la femme s'immobilisa pour uriner debout. Le jet puissant repoussait la poussière pourpre, cascadait entre les roches, telle une rivière venant de jaillir des profondeurs millénaires de la terre et s'écoulant vers le lointain. Le corps de la femme, de taille extraordinaire, était maculé de croutes de terre, d'excréments et de crasse. Son regard frontal, d'une intensité féroce, venait nous interpeller. Elle était beaucoup plus forte qu'un homme, en force, en sagesse, en lucidité, en courage, en tout le reste. Elle affichait sans vergogne un visage ontique aux traits bouleversés et convulsés. Un visage farouche qui défiait l'entendement, comme un retour au commencement du monde, où rien n'est stable, où tout est d'une extrême sauvagerie, où les étoiles et le Soleil éclairent le réel infrangible, où il y a une *adhérence* quasi matérielle entre la pensée et le corps, où le coït exprime l'essence tragique de toutes les choses, où le vagin a accès aux méandres d'un hors-monde, où une femme jouit sans le verbe – la gueule ouverte de la bête féroce et libre –, entend vibrer le Soleil et a recours à la violence primordiale la plus brute. Insérée dans le temps du monde de l'instant pur, sous une chaleur écrasante, la femme avançait sur l'écorce primitive d'un immense océan de magma cristallisé. Le jaune du souffre, la rougeur de la poussière du désert, le vert fluorescent des lacs d'acide, la noirceur des pierres, la sécheresse des buissons griffus, les rivières de laves fossilisées et le bleu cobalt de la grande voûte du ciel créaient un panorama insolite, hanté par le mystère de l'étant.

Parmi des rochers gris cendre chatoyants, la femme découvrit un manteau de plumes. Elle le ramassa et glissa sa nudité à l'intérieur. Il y avait une odeur animale qui se mêla à la sienne, humide et ferrugineuse. Elle savait que, le moment venu, vêtue de ce manteau de plumes, elle exécuterait une danse rythmique et chorale animale : la danse du Soleil. Et qu'ensuite, libérée de la vésanie qu'avaient été l'Illusion et l'Espoir, elle disparaîtrait dans un halo de lumière blanche et vivante, son sexe mouillé, bellement sphérique, orbitant à jamais autour du Soleil.

Accroupie auprès d'un cadavre féminin sans corps, la femme aperçut un revolver. Des deux mains, avec ses ongles griffus, elle gratta la poussière accumulée tout autour ; et elle arracha le revolver incrusté dans la croute blanche de minéraux qui étaient remontés à la surface. Elle observa longuement l'arme, organe d'os noircis. Puis elle se redressa doucement. Le regard lapis-lazuli en dessous, elle braqua le revolver sur Nous, le mur des siècles. Au bout du canon, il y avait un tampon hygiénique saturé de poussières menstruelles. La femme, tout enveloppée dans son manteau de plumes, poussant un cri d'une toute-puissance épiphanique inouïe, appuya sur la gâchette – vole en éclats subliminaux d'un squelette géant – libérant une violence pure : un chaos, d'où allait surgir une force vitale, féminine et vivifiante.

Ce n'était qu'un rêve
Rien qu'un rêve
Une construction déconstructive
Au-delà de la plus petite résistance.

SOURCES

Bibliographie :

Hélène Cixous, *La*, Gallimard, 1976.
Florence Dupont, *La tragédie attique, un concours de larmes*, Université Paris-Diderot.
Euripide, *Tragédies complètes*, GF Flammarion, 2011.
Eschyle, *Tragédies complètes*, GF Flammarion, 2011.
Michael Herr, *Putain de mort*, Albin Michel, 1980.
Victor Hugo, *La vision d'où est sorti ce livre*, *La légende des siècles*, 2ième série, Calmann-Levy, 1877.
Nicole Loraux, *La voix endeuillée*, Gallimard, 1999.
Nicole Loraux, *Né de la Terre*, Seuil, 2009.
Friedrich Nietzsche, *La naissance de la tragédie*, Gallimard, 1949.
Sophocle, *Tragédies complètes*, GF Flammarion, 1964.

Séminaire :

Fictions freudiennes, Isabelle Alfandary, Année 2018-2019, Collège International de Philosophie.

DU MÊME AUTEUR

La concordance des temps, prix de la nouvelle, Mairie du 20ième arrondissement de Paris, 2002.
L'énergie des esprits animaux, Books on Demands, 2016.

Version définitive revue et corrigée par l'auteur.
Tous droits de traduction, de reproduction et d'adaptation réservés pour tous les pays.
© Pierre Chauvris – 2019
Éditeur : BoD-Books on Demands,
12/14 rond-point des Champs Elysées,
75008 Paris, France.

Impression: BoD-Books on Demands
Norderstedt Allemagne
ISBN:978-2-322-19155-0
Dépôt légal: décembre 2019

www.ingramcontent.com/pod-product-compliance
Lightning Source LLC
LaVergne TN
LVHW012037060526
838201LV00061B/4652